사랑이 너를 이토록 자잘하게 만들었다면,
사랑이, 그것이 너를 다시 일으킬 거야

Hat

Di

에피파니 에쎄 플라네르
Epiphany Essai Flaneur

하인리히 하이네
그림 시집

Gedichte von Heinrich Heine

이수정(문학박사, 시인) 옮김

역자 일러두기

1. 이 책에 실린 시편들은 온라인 시집 http://www.heinrich-heine.net/werke.html 및 https://www.staff.uni-mainz.de/pommeren/Gedichte/에서 엄선했다.

2. 대표적 시집인 『노래의 책』『새 시집』『로맨스 시집』『이삭 시집』에서 역자의 기준으로 '좋은 것들'만 총 60편을 골라 뽑았다. 어두운 시들은 가급적 배제했다.

3. 일반에게 널리 알려진, 혹은 사랑받는 수작들, 특히 노래로 만들어져 널리 애창되는 작품들은 대부분 놓치지 않고 수록했다.

4. '프롤로그'와 '에필로그'는 작중의 것들 가운데 가장 적절한 것을 골라 맨 앞과 맨 뒤에 따로 배치했다.

5. 배열순서는 원 시집을 그대로 따랐다. 단, 원 시집의 로마숫자는 독자의 편의를 위해 아라비아 숫자로 고쳤다.

6. 기존의 번역들과는 상당히 다른 새로운 번역을 시도했다. 번역은 최대한 하이네 본인의 표현을 훼손하지 않도록 노력했다. 원전에 충실한 거의 직역에 가까운 번역이지만 그것이 가장 하이네답고 시적임을 독어 원시를 아는 독자들은 느낄 수 있을 것이다. 단, 원시와 번역자의 재량 사이 그 아슬아슬한 선을 줄타기하면서 원래의 단어들을 아름다운 한국어로 옮기려 신경을 썼다.

7. 번역의 책임성을 위해, 혹은 필요한 독자들을 위해, 혹은 자료적 가치를 위해, 혹은 검색의 편의를 위해, 독어 원시를 함께 실었다.

• 에피파니Epiphany는 '책의 영원성'과 '정신의 불멸성'에 대한 오래된 새로운 믿음을 갖습니다

에피파니 에쎄 플라네르
Epiphany Essai Flaneur

하인리히 하이네 그림 시집

Gedichte von Heinrich Heine

이수정(문학박사, 시인) 옮김

에피파니

잠시라도
삶의 무거운 짐들 내려놓고
여기 이 세계
'눈부시게 아름다운 오월'의 세계
꽃들의 세계
꾀꼬리의 세계
'사랑스런 그녀'가 있는
하이네의 세계,
'노래의 날개 위에' 마음을 싣고서
한번 둘러보시겠습니까?

멘델스존과 질혀가 사랑했던,
그리고 슈만이, 슈베르트가, 바그너가 사랑했던,
아니, 온 독일과 온 세계가 사랑했던 하이네!
그의 숲에는 노래라는 냇물이 흐릅니다
그의 정원에는 사랑이라는 꽃이 만발해 있습니다
키스라는 나비가 날아듭니다

우리 시대가 잊어버린 그 보물
다이아몬드보다 더 값지고 반짝이는
사랑!
하이네는 그 영원한 한 상징입니다

우리네 이 힘든 삶에서
사랑만큼 따뜻한 위로는 없습니다
그의 노래는 거의, 철학입니다
아니, 철학보다 더 철학입니다
그의 낭만주의
그의 사회주의
그것도 다 사랑입니다

어떤 연유든
지금 이 페이지를 읽고 있는 당신의 두 눈
그 눈을 축복합니다

2018년 여름의 끝에서 이수정

차례

에피파니 에쎄 플라네르
Epiphany Essai Flâneur

하인리히 하이네
그림 시집
Gedichte von Heinrich Heine

귀향Die Heimkehr 1823 - 1824

북해Die Nordsee 1825 - 1826

하인리히 하이네
그림 시집
Gedichte von Heinrich Heine

2

새 시집 NEUE GEDICHTE 1844

새봄 Neuer Frühling

갖가지 모습Verschiedene — 세라핀느Seraphine

로맨스 시집ROMANZERO 1851

4

이삭 시집NACHGELESENE GEDICHTE 1812 - 1856

Prolog

Schwarze Röcke, seidne Strümpfe,

Weiße, höfliche Manschetten,

Sanfte Reden, Embrassieren —

Ach, wenn sie nur Herzen hätten!

Herzen in der Brust, und Liebe,

Warme Liebe in dem Herzen —

Ach, mich tötet ihr Gesinge

Von erlognen Liebesschmerzen.

Auf die Berge will ich steigen,

Wo die frommen Hütten stehen,

Wo die Brust sich frei erschließet,

Und die freien Lüfte wehen.

프롤로그

검은 상의, 실크 양말,

하얀, 점잖은 소매,

부드러운 말투, 껴안음—

아, 그것들이 마음만 가졌더라면!

가슴속 마음, 그리고 사랑,

마음속의 따뜻한 사랑—

아, 그 사랑의 가없는 노래가 나를 괴롭히네

거짓된 사랑의 고통에서 나온 그 노래가

나는 산들을 오르리,

거기엔 경건한 오두막들이 서 있고,

가슴이 활짝 열리고

그리고 자유로운 바람이 불고 있다네.

Auf die Berge will ich steigen,

Wo die dunklen Tannen ragen,

Bäche rauschen, Vögel singen,

Und die stolzen Wolken jagen.

Lebet wohl, ihr glatten Säle!

Glatte Herren, glatte Frauen!

Auf die Berge will ich steigen,

Lachend auf euch niederschauen.

Aus : ⟨Harzreise⟩, *Buch der Lieder*

산들을 나는 오르리,
거기엔 울창한 전나무들이 솟아 있고,
냇물이 재잘거리고, 새들이 노래하고,
그리고 당당한 구름들이 내닫고 있다네.

잘 살기를, 그대들 미끈한 홀들이여!
미끈한 신사들, 미끈한 숙녀들이여!
산들을 나는 오르리,
웃으며 그대들을 내려다보리.

1. 노래의 책
BUCH DER LIEDER 1827

청춘의 고뇌 *Junge Leiden 1817-1821*

— 노래들 *Lieder*

Morgens steh ich auf und frage

1

Morgens steh ich auf und frage:
Kommt feins Liebchen heut?
Abends sink ich hin und klage:
Ausblieb sie auch heut.

In der Nacht mit meinem Kummer
Lieg ich schlaflos, wach;
Träumend, wie im halben Schlummer,
Wandle ich bei Tag.

아침에 난 일어나 묻는다

1

아침에, 난 일어나 묻는다:
어여쁜 그녀가 오늘은 올까?
저녁에, 난 가라앉아 탄식한다:
그녀는 오늘도 오지 않았네.

밤에, 난 근심과 함께
잠 못 들고 말똥말똥 누워 있다;
낮에, 난 꿈을 꾸면서
반쯤 자고 있는 듯 걷고 있다.

Claude Monet,
<Water Lilies>, 1916.
oil on canvas, 200.5x201cm.

서정적인 간주곡 *Lyrisches Intermezzo 1822 - 1823*

Im wunderschönen Monat Mai

1

Im wunderschönen Monat Mai,

als alle Knospen sprangen,

da ist in meinem Herzen

die Liebe aufgegangen.

Im wunderschönen Monat Mai,

als alle Vögel sangen,

da hab ich ihr gestanden

mein Sehnen und Verlangen.

눈부시게 아름다운 오월에

1

눈부시게 아름다운 오월에
모든 꽃봉오리들 피어날 때
그때 내 가슴속에
사랑도 피어났다네.

눈부시게 아름다운 오월에
모든 새들이 노래할 때
그때 나 그녀에게 고백했다네
나의 동경과 그리고 갈망을.

Aus meinen Tränen sprießen

2

Aus meinen Tränen sprießen
Viel blühende Blumen hervor,
Und meine Seufzer werden
Ein Nachtigallenchor.

Und wenn du mich lieb hast, Kindchen,
Schenk' ich dir die Blumen all',
Und vor deinem Fenster soll klingen
Das Lied der Nachtigall.

내 눈물로부터 싹터 나오네

2

내 눈물로부터 싹터 나오네
만발하는 꽃들이.
그리고 내 한숨은
꾀꼬리들의 합창이 되네.

내 이쁜이, 그대가 날 사랑한다면,
나 그대에게 보내리, 꽃이란 꽃은 다.
그리고 그대 창문 밖에서 울리게 하리
꾀꼬리의 노래를.

Claude Monet, <Water Lilies>, 1906.
oil on canvas, 89.9x94.1cm.

Die Rose, die Lilie, die Taube, die Sonne

3

Die Rose, die Lilie, die Taube, die Sonne,

Die liebt' ich einst alle in Liebeswonne.

Ich lieb' sie nicht mehr, ich liebe alleine

Die Kleine, die Feine, die Reine, die Eine;

Sie selber, aller Liebe Wonne,

Ist Rose und Lilie und Taube und Sonne.

장미, 백합, 비둘기, 태양

3

장미, 백합, 비둘기, 태양,

그것들을 나 한때 모두 사랑하였네, 사랑의 환희 속에서.

나 그것들을 더 이상 사랑하지 않네, 내가 사랑하는 건 오직

자그만, 멋진, 순수한, 유일한 그녀;

그녀 자체가, 모든 사랑의 환희인 그녀 자체가,

장미고 백합이고 비둘기고 태양.

Wenn ich in deine Augen seh'

4

Wenn ich in deine Augen seh',
So schwindet all mein Leid und Weh',
Doch wenn ich küsse deinen Mund,
So werd ich ganz und gar gesund.

Wenn ich mich lehn' an deine Brust,
Kommt's über mich wie Himmelslust;
Doch wenn du sprichst: »Ich liebe dich!«
So muß ich weinen bitterlich.

내가 그대의 눈을 들여다보면

4

내가 그대의 눈을 들여다보면,
그러면 내 모든 고뇌와 아픔이 사라진다네,
그런데 내가 그대의 입에 키스한다면,
그러면 난 완전히 생기가 샘솟는다네.

내가 그대의 가슴에 기대게 되면,
그러면 천국의 환희 같은 게 날 찾아온다네.
그런데 그대가 "사랑해!"라고 말하면
그러면 난 북받쳐 울 수밖에 없다네.

Es stehen unbeweglich

8

Es stehen unbeweglich
Die Sterne in der Höh,
Viel tausend Jahr, und schauen
Sich an mit Liebesweh.

Sie sprechen eine Sprache,
Die ist so reich, so schön;
Doch keiner der Philologen
Kann diese Sprache verstehn.

Ich aber hab sie gelernet,
Und ich vergesse sie nicht;
Mir diente als Grammatik
Der Herzallerliebsten Gesicht.

꼼짝 않고 있네

8

꼼짝 않고 있네
별들은 저 하늘 높이서,
수천 년 동안, 그리고 서로 바라보고 있네
사랑을 앓으며.

별들의 말은 하나의 언어,
너무나 풍요롭고, 너무나 아름다운;
하지만 어떤 언어학자도
이 언어를 이해하지 못하네.

그러나 나는 이 언어를 배웠네,
그리고 나는 이 언어를 잊지 못하네;
내게 문법으로서 봉사해준 건
진심으로 사랑하는 그녀의 얼굴.

Auf Flügeln des Gesanges

9

Auf Flügeln des Gesanges,
Herzliebchen, trag ich dich fort,
Fort nach den Fluren des Ganges,
Dort weiß ich den schönsten Ort;

Dort liegt ein rotblühender Garten
Im stillen Mondenschein,
Die Lotosblumen erwarten
Ihr trautes Schwesterlein.

Die Veilchen kichern und kosen,
Und schaun nach den Sternen empor,
Heimlich erzählen die Rosen
Sich duftende Märchen ins Ohr.

노래의 날개 위에

9

노래의 날개 위에
사랑하는 이여, 나 그대를 태워 나르리,
갠지스의 평원을 향해 앞으로,
거긴 내가 아는 가장 아름다운 곳;

거긴 고요한 달빛 속
붉게 꽃 피는 정원이 펼쳐 있고,
연꽃이 기다리고 있다네
자기의 사랑스런 자매인 그댈.

제비꽃들은 키득거리며 정담을 나누고
그리고 별들을 쳐다보고 있고,
비밀스레 장미꽃들은 소곤거리네
향기로운 동화들을 귓속에다가.

Es hüpfen herbei und lauschen
Die frommen, klugen Gazelln,
Und in der Ferne rauschen
Des heilgen Stromes Welln.

Dort wollen wir niedersinken
Unter dem Pamenbaum,
Und Liebe und Ruhe trinken,
Und träumen seligen Traum.

신실하고 영리한 영양들이

깡충깡충 뛰어와 귀 기울이고,

그리고 저 멀리서 재잘거리는

성스런 강물의 물결 소리.

거기서 우리 내려앉아 봐요

종려나무 아래에

그리고 사랑과 안식을 들이마셔 봐요,

그리고 꿈꾸어 봐요, 축복의 꿈을.

Claude Monet, <Water Lilies>, 1916.
oil on canvas.

O schwöre nicht und küsse nur

13

O schwöre nicht und küsse nur,
Ich glaube keinem Weiberschwur!
Dein Wort ist süß, doch süßer ist
Der Kuß, den ich dir abgeküßt!
Den hab ich, und dran glaub ich auch,
Das Wort ist eitel Dunst und Hauch.

*

O schwöre, Liebchen, immerfort,
Ich glaube dir aufs bloße Wort!
An deinen Busen sink ich hin,
Und glaube, daß ich selig bin;
Ich glaube, Liebchen, ewiglich,
Und noch viel länger, liebst du mich.

오 맹세하지 말고 그냥 키스를

13

오 맹세하지 말고 그냥 키스해 주렴,

난 여자의 맹세를 믿지 않아!

너의 말은 달콤하지만, 더욱 달콤한 것은

내가 너에게 선사한 그 키스!

그게 내가 가진 것이고 또한 내가 믿는 것,

말은 덧없는 연무고 숨결 같은 것.

*

오 맹세하렴, 내 사랑, 하고 또 하렴,

그냥 말대로 다 믿어줄게!

너의 가슴에 푹 파묻혀,

믿어줄게, 나는 행복하다고;

믿어줄게, 내 사랑, 영원히,

아니 영원보다 더 오래, 네가 날 사랑한다고.

Auf meiner Herzliebsten Äugelein

14

Auf meiner Herzliebsten Äugelein

Mach' ich die schönsten Kanzonen.

Auf meiner Herzliebsten Mündchen klein

Mach' ich die besten Terzinen.

Auf meiner Herzliebsten Wängelein

Mach' ich die herrlichsten Stanzen.

Und wenn meine Liebste ein Herzchen hätt',

Ich machte darauf ein hübsches Sonett.

내 가장 사랑하는 그녀의 깜찍한 눈을 위해

14

내 가장 사랑하는 그녀의 깜찍한 눈을 위해

나 가장 어여쁜 소곡을 지으리.

내 가장 사랑하는 그녀의 깜찍한 입을 위해

나 가장 좋은 3행시를 지으리.

내 가장 사랑하는 그녀의 깜찍한 뺨을 위해

나 가장 훌륭한 8행시를 지으리.

그리고 만일 내 사랑 그녀가 깜찍한 마음을 갖고 있다면,

나 그것을 위해 멋진 소네트를 한 곡 지을 텐데.

Claude Monet, <Water Lilies>, 1919.
oil on canvas, 101x200cm.

Und wüßtens die Blumen, die kleinen

22

Und wüßtens die Blumen, die kleinen,
Wie tief verwundet mein Herz,
Sie würden mit mir weinen,
Zu heilen meinen Schmerz.

Und wüßtens die Nachtigallen,
Wie ich so traurig und krank, ,
Sie ließen fröhlich erschallen
Erquickenden Gesang.

Und wüßten sie mein Wehe,
Die goldnen Sternelein,
Sie kämen aus ihrer Höhe,
Und sprächen Trost mir ein.

꽃들이, 자그만 꽃들이 알았더라면

22

꽃들이, 자그만 꽃들이 알았더라면,
얼마나 깊이 내 마음 다쳤는지를,
그럼 그들이 나와 함께 울어줄 텐데,
나의 고통을 낫게 하려고.

꾀꼬리들이 알았더라면,
얼마나 내가 슬프고 아픈지를,
그럼 쾌활하게 우짖을 텐데
생기 돋는 노래를.

금빛 별들이
나의 고통을 알았더라면,
그럼 높은 저 하늘에서 내게 다가와
위로의 말을 건네줄 텐데.

Die alle könnens nicht wissen,

Nur Eine kennt meinen Schmerz;

Sie hat ja selbst zerrissen,

Zerrissen mir das Herz.

저들 모두가 그걸 알지 못하네,

오직 한 사람, 그녀만이 내 고통을 안다네;

그녀 자신이 찢어놓았으니까,

찢어놓았으니까, 이 내 가슴을.

Ein Fichtenbaum steht einsam

33

Ein Fichtenbaum steht einsam
Im Norden auf kahler Höh'.
Ihn schläfert; mit weißer Decke
Umhüllen ihn Eis und Schnee.

Er träumt von einer Palme,
Die, fern im Morgenland,
Einsam und schweigend trauert
Auf brennender Felsenwand.

소나무 한 그루가 외로이 서 있네

33

소나무 한 그루가 외로이 서 있네
먼 북쪽 벌거숭이 산 위에.
그 나무를 잠재우는 건; 하얀 이불로
그 나무를 덮어주는 얼음과 눈.

그 소나무가 꿈꾸는 건 한 그루 야자수,
그 야자수도 먼 동방에서,
외로이 그리고 말없이 슬퍼하고 있네
뜨겁게 달아 있는 암벽 위에서.

Claude Monet, <Water Lilies>, 1915.
oil on canvas.

Claude Monet, <The Rose Arches at Giverny>, 1913.
oil on canvas, 82x94cm.

Ach, wenn ich nur der Schemel wär

34

(Der Kopf spricht:)

Ach, wenn ich nur der Schemel wär,
Worauf der Liebsten Füße ruhn!
Und stampfte sie mich noch so sehr,
Ich wollte doch nicht klagen tun.

(Das Herz spricht:)

Ach, wenn ich nur das Kißchen wär,
Wo sie die Nadeln steckt hinein!
Und stäche sie mich noch so sehr,
Ich wollte mich der Stiche freun.

아, 만일 내가 발판이라면

34

(머리가 말한다:)

아, 만일 내가 발판이라면,
사랑하는 그녀의 발이 쉬고 있는!
그러면 그 발이 날 아무리 밟아도,
나 한 마디 불평도 않을 텐데.

(마음이 말한다:)

아, 만일 내가 바늘꽂이라면,
사랑하는 그녀가 바늘을 꽂아 두는!
그러면 바늘이 날 아무리 찔러대도,
나 그 찌름을 오히려 기뻐할 텐데.

(Das Lied spricht:)

Ach, wär ich nur das Stück Papier,

Das sie als Papillote braucht!

Ich wollte heimlich flüstern ihr

Ins Ohr, was in mir lebt und haucht.

.

(노래가 말한다:)

아, 내가 만일 조각 종이라면,
사랑하는 그녀가 머리 말 때 쓰는!
나 남몰래 그녀의 귓속에다 속삭일 텐데,
내 안에 살아 숨 쉬는 것을.

Aus meinen großen Schmerzen

36

Aus meinen großen Schmerzen
Mach ich die kleinen Lieder;
Die heben ihr klingend Gefieder
Und flattern nach ihrem Herzen.

Sie fanden den Weg zur Trauten,
Doch kommen sie wieder und klagen,
Und klagen, und wollen nicht sagen,
Was sie im Herzen schauten.

나의 크나큰 괴로움으로

36

나의 크나큰 괴로움으로
나 자그만 노래들을 만들어본다;
그것들은 낭랑한 날개를 펼쳐 올리고
그녀의 가슴을 향해 날아간다.

노래들은 그녀를 잘 찾아갔지만
하지만 돌아와서는 한숨을 쉰다,
한숨을 쉬며, 말을 하려 않는다.
그녀의 가슴에서 무얼 보고 왔는지.

Claude Monet, <The Water Lily Pond>, 1917-1919.
oil on canvas.

Ein Jüngling liebt ein Mädchen

39

Ein Jüngling liebt ein Mädchen,
die hat einen anderen erwählt;
der andere liebt eine andre
und hat sich mit dieser vermählt.

Das Mädchen heiratet aus Ärger
den ersten besten Mann,
der ihr über den Weg gelaufen;
der Jüngling, der ist übel dran.

Es ist eine alte Geschichte,
doch bleibt sie immer neu;
und wem sie just passiert,
dem bricht das Herz entzwei.

한 총각이 한 처녀를 사랑하는데

39

한 총각이 한 처녀를 사랑하는데
이 처녀는 딴 총각을 선택했다네
이 딴 총각은 또 딴 처녀를 사랑하여서
이 딴 처녀와 결혼했다네

저 처녀는 화가 나서 결혼했다네
우연히 그녀가 만난
첫 번째 가장 괜찮은 어느 남자와.
저 총각은 그 때문에 속이 속이 아니네.

이건 한 오래된 옛이야기라네
하지만 이 이야기는 여전히 항상 새롭다네;
하여 방금 이런 이야기가 생겨난 이에게도
마음은 두 쪽으로 쪼개진다네.

귀향 *Die Heimkehr 1823 - 1824*

Die Loreley

2

Ich weiß nicht was soll es bedeuten

Daß ich so traurig bin;

Ein Märchen aus alten Zeiten,

Das kommt mir nicht aus dem Sinn.

Die Luft ist kühl und es dunkelt,

Und ruhig fließt der Rhein;

Der Gipfel des Berges funkelt

Im Abendsonnenschein.

Die schönste Jungfrau sitzet

Dort oben wunderbar,

Ihr gold'nes Geschmeide blitzet,

Sie kämmt ihr goldenes Haar.

로렐라이

2
난 모르겠네 그게 뭘 의미하는지
내가 이리도 슬프다는 게;
옛날부터 전해오는 한 동화가
내 생각으로부터 떠나질 않네.

공기는 선선하고 날은 어둑하고,
그리고 고요히 라인강은 흐르네;
그리고 산꼭대기는 반짝거리네
저녁 햇빛 속에서.

예쁘디예쁜 처녀가 앉아 있네
저기 저 위에 멋들어지게,
그녀의 금빛 장신구는 번쩍번쩍 빛나고
그녀는 그 금빛 머리카락을 빗고 있네.

Sie kämmt es mit goldenem Kamme

Und singt ein Lied dabey;

Das hat eine wundersame,

Gewaltige Melodei.

Den Schiffer, im kleinen Schiffe,

Ergreift es mit wildem Weh;

Er schaut nicht die Felsenriffe,

Er schaut nur hinauf in die Höh'!

Ich glaube, die Wellen verschlingen

Am Ende Schiffer und Kahn;

Und das hat mit ihrem Singen

Die Loreley gethan.

그녀는 황금 빗으로 머리를 빗으며
노래를 한 곡 부르고 있네;
그 노래는 기묘하고도
사로잡는 곡조를 띠고 있네.

조그만 배 안의 뱃사공을
그 노래는 걷잡을 수 없는 비애로 거머잡네.
그는 암초를 보지 못하고,
그저 언덕 위만 쳐다보고 있네!

아무래도, 물결이 집어삼킬 것 같네
마침내 그 뱃사공을 그리고 배를;
그리고 이게 로렐라이가
노래를 불러 저지른 일이라네.

Claude Monet, <The Water Lily Pond, Pink Harmony>, 1900.
oil on canvas, 90x100.5cm.

Das Meer erglänzte weit hinaus

14

Das Meer erglänzte weit hinaus
Im letzten Abendscheine;
Wir saßen am einsamen Fischerhaus,
Wir saßen stumm und alleine.

Der Nebel stieg, das Wasser schwoll,
Die Möwe flog hin und wider;
Aus deinen Augen, liebevoll,
Fielen die Tränen nieder.

Ich sah sie fallen auf deine Hand,
Und bin aufs Knie gesunken;
Ich hab von deiner weißen Hand
Die Tränen fortgetrunken.

바다는 멀리멀리 반짝였네

14

바다는 멀리멀리 반짝였네
마지막 석양빛 속에서;
우리는 쓸쓸한 어부의 집에 앉아 있었네,
우리는 말없이 그리고 외로이 앉아 있었네.

안개가 피어올랐고, 파도가 높아졌네,
갈매기가 이리저리 날고 있었네;
너의 두 눈에서는, 사랑 가득히,
눈물이 흘러내렸네.

그 눈물이 네 손 위에 떨어지는 걸 나는 보았네,
그리고 난 무릎을 꿇고 앉았네;
나는 너의 하얀 손으로부터
그 눈물들을 마시고 또 마셨네.

Seit jener Stunde verzehrt sich mein Leib,

Die Seele stirbt vor Sehnen; —

Mich hat das unglücksel'ge Weib

Vergiftet mit ihren Tränen.

그 시간 이래로 내 몸은 야위어가고,

내 영혼은 그리움으로 시들어가네; ―

그 불행한 여자는 나를

자기의 그 눈물로 중독시켜버렸네.

Claude Monet, <Morning on the Seine>, 1898.
oil on canvas, 73x91.5cm.

Claude Monet, <Morning on the Seine near Giverny>, 1897.
oil on canvas, 81.6×93cm.

Deine weißen Lilienfinger

31

Deine weißen Lilienfinger,
Könnt ich sie noch einmal küssen,
Und sie drücken an mein Herz,
Und vergehn in stillem Weinen!

Deine klaren Veilchenaugen
Schweben vor mir Tag und Nacht,
Und mich quält es: was bedeuten
Diese süßen, blauen Rätsel?

너의 뽀얀 백합 손가락에

31

너의 뽀얀 백합 손가락에
나 다시 한 번 키스할 수 있다면,
그리고 내 가슴에 갖다 댈 수 있다면,
그리고 조용히 울며 사라질 수 있다면!

너의 맑은 제비꽃 눈이
밤낮으로 내 앞에 아른거려서,
날 괴롭히누나: 무슨 뜻일까?
이 달콤하고 파란 수수께끼는.

Sie liebten sich beide, doch keiner

33

Sie liebten sich beide, doch keiner
Wollt' es dem andern gestehn;
Sie sahen sich an so feindlich,
Und wollten vor Liebe vergehn.

Sie trennten sich endlich und sahn sich
Nur noch zuweilen im Traum;
Sie waren längst gestorben,
Und wußten es selber kaum.

그들은 둘이 서로 사랑했는데, 그런데 아무도

33

그들은 둘이 서로 사랑했는데, 그런데 아무도
그걸 상대에게 고백하려 하지 않았네;
그들은 서로 아주 미운 듯 바라보았고
그리고 사랑 앞에서 멀어지려 했네.

그들은 마침내 헤어졌고 서로 보았네
그저 가끔씩 꿈속에서만;
그들은 이미 오래전에 죽은 건데
그런데 그걸 스스로 깨닫지도 못했네.

Claude Monet,
<Water Lilies and the Japanese bridge>, 1899.
oil on canvas, 90.5 x 89.7cm.

Herz, mein Herz, sei nicht beklommen

46

Herz, mein Herz, sei nicht beklommen,

Und ertrage dein Geschick,

Neuer Frühling gibt zurück,

Was der Winter dir genommen.

Und wie viel ist dir geblieben!

Und wie schön ist noch die Welt!

Und, mein Herz, was dir gefällt,

Alles, alles darfst du lieben!

마음이여, 내 마음이여

46

마음이여, 내 마음이여, 걱정하지 마라

그리고 너의 운명을 견디어내라,

새로운 봄이 돌려주리니,

겨울이 네게서 앗아간 것도.

그리고 네게는 얼마나 많은 게 남아 있는가!

그리고 세계는 아직 얼마나 아름다운가!

그리고 나의 마음이여, 네 마음에 든 것들,

모두 다, 모두 다 너 사랑해도 좋나니!

Du bist wie eine Blume

47

Du bist wie eine Blume,
So hold und schön und rein;
Ich schau dich an, und Wehmut
Schleicht mir ins Herz hinein.

Mir ist, als ob ich die Hände
Aufs Haupt dir legen sollt',
Betend, daß Gott dich erhalte
So rein und schön und hold.

너는 한 송이 꽃과 같이

47

너는 한 송이 꽃과 같이
이리도 곱고 예쁘고 그리고 맑아;
나 너를 보고 있으면, 애수가
내 가슴속으로 스며드누나.

난 마치 두 손을
너의 머리 위에다 얹어놓은 듯한 그런 느낌,
그리도 맑게 예쁘게 그리고 곱게
하느님이 너를 지켜주시길 빌며.

Claude Monet,
<Poplars at the Epte>, 1900.
oil on canvas, 82×81cm.

Wenn ich auf dem Lager liege

46

Wenn ich auf dem Lager liege,
In Nacht und Kissen gehüllt, ,
So schwebt vor mir ein süßes,
Anmutig liebes Bild.

Wenn mir der stille Schlummer
Geschlossen die Augen kaum,
So schleicht das Bild sich leise
Hinein in meinen Traum.

Doch mit dem Traum des Morgens
Zerrinnt es nimmermehr;
Dann trag ich es im Herzen
Den ganzen Tag umher.

밤에 내가 잠자리에 들어

46

밤에 내가 잠자리에 들어
이불을 덮으면,
내 앞에 아른거린다, 한 달콤한
우아하고 사랑스런 모습이.

차분한 졸음이
거의 내 눈을 감기면
그 모습이 조용히 스며든다
나의 꿈속으로.

한데 아침 꿈을 깨도
그 모습은 영 사라지질 않는다;
그럼 난 그 모습, 가슴에 품고
하루 온종일 돌아다닌다.

Mag da draußen Schnee sich türmen

51

Mag da draußen Schnee sich türmen,

Mag es hageln, mag es stürmen,

Klirrend mir ans Fenster schlagen,

Nimmer will ich mich beklagen,

Denn ich trage in der Brust

Liebchens Bild und Frühlingslust.

저 바깥에 눈이 높이 쌓이더라도

51

저 바깥에 눈이 높이 쌓이더라도,

우박이 쏟아지고, 폭풍이 불어,

더덜컹 나의 창문을 때리더라도,

조금도 난 불평하지 않으리,

왜냐면 난 가슴속에 품고 있으니

그녀의 모습과 봄의 희락을.

Claude Monet

Claude Monet, <Spring by the Seine>, 1878.
oil on canvas, 50.5 x 61cm.

Saphire sind die Augen dein

56

Saphire sind die Augen dein,
Die lieblichen, die süßen.
O, dreimal glücklich ist der Mann,
Den sie mit Liebe grüßen.

Dein Herz, es ist ein Diamant,
Der edle Lichter sprühet.
O, dreimal glücklich ist der Mann,
Für den es liebend glühet.

Rubinen sind die Lippen dein,
Man kann nicht schönre sehen.
O, dreimal glücklich ist der Mann,
Dem sie die Liebe gestehen.

사파이어다 너의 두 눈은

56

사파이어다 너의 두 눈은,

사랑스럽고 달콤한 너의 두 눈은.

오, 더없이 행복한 남자일세,

그 눈이 사랑으로 인사하는 그는.

다이아몬드다 너의 마음은,

고귀한 빛을 반짝이는 다이아몬드다.

오, 더없이 행복한 남자일세,

그 마음에 사랑의 불을 지핀 그는.

루비다 너의 그 입술은,

더 이상 아름다울 수 없는 루비다.

오, 더없이 행복한 남자일세,

그 입술이 사랑을 고백하고 있는 그는.

O, kennt ich nur den glücklichen Mann,

O, daß ich ihn nur fände,

So recht allein im grünen Wald,

Sein Glück hätt bald ein Ende.

오, 그 행복한 남자를 내가 안다면,

오, 그 행복한 남자를 내가 찾아낸다면,

정말이지 혼자 푸른 숲에서,

그의 행복이 바로 끝을 고하련만.

Claude Monet, <Poplars in the Sun>, 1887.
oil on canvas, 74.3x93cm.

Wer zum erstenmal liebt

63

Wer zum erstenmal liebt,
Sei's auch glücklos, ist ein Gott;
Aber wer zum zweitenmale
Glücklos liebt, der ist ein Narr.

Ich, ein solcher Narr, ich liebe
Wieder ohne Gegenliebe!
Sonne, Mond und Sterne lachen,
Und ich lache mit — und sterbe.

처음으로 사랑하는 사람이

63

처음으로 사랑하는 사람이

행복하지 않을 수 있다면, 그건 신이지;

허나 두 번째로 사랑하는 사람이

행복하지 않다면, 그건 바보지.

나, 그런 바보가, 사랑하고 있네

또다시 반향 없는 그런 사랑을!

해도 달도 그리고 별도 비웃고 있네,

그리고 나도 함께 비웃네 — 그리고 스러져가네.

Selten habt ihr mich verstanden

78

Selten habt ihr mich verstanden,

Selten auch verstand ich euch,

Nur wenn wir im Kot uns fanden,

So verstanden wir uns gleich.

좀체 너희는 나를 이해하지 못했다

78

좀체 너희는 나를 이해하지 못했다,

좀체 나도 너희를 이해하지 못했다,

오직 우리가 진창에 빠져 있을 때만,

그때만 우린 서로를 곧바로 이해했다.

Claude Monet, <Flowers on the riverbank at Argenteuil>, 1877.
oil on canvas, 53.8x65.1cm.

Kaum sahen wir uns

82

Kaum sahen wir uns, und an Augen und Stimme
Merkt ich, daß du mir gewogen bist;
Stand nicht dabei die Mutter, die schlimme,
Ich glaube, wir hätten uns gleich geküßt.

Und morgen verlasse ich wieder das Städtchen,
Und eile fort im alten Lauf;
Dann lauert am Fenster mein blondes Mädchen,
Und freundliche Grüße werf ich hinauf.

우리 서로 보게 되자마자

82

우리 서로 보게 되자마자, 눈빛과 목소리에서
난 눈치챘지, 네가 나에게 호감이 있다는 걸;
그 곁에 얄밉게도 어머니만 계시지 않았더라면,
우린 서로 곧장 키스했을 텐데, 틀림없이.

그런데 내일 난 이 예쁜 동네를 다시 떠나네,
그리고 가던 발걸음을 재촉할 거네;
그러면 창문에서 내 금발 소녀가 몰래 살펴보겠지,
그리고 난 다정한 인사를 거기로 던져 보내겠지.

83

Über die Berge steigt schon die Sonne,

Die Lämmerherde läutet fern;

Mein Liebchen, mein Lamm, meine Sonne und Wonne,

Noch einmal säh ich dich gar zu gern!

Ich schaue hinauf, mit spähender Miene —

Leb wohl, mein Kind, ich wandre von hier!

Vergebens! Es regt sich keine Gardine;

Sie liegt noch und schläft — und träumt von mir?

산 위엔 벌써 해가 오르고

83

산 위엔 벌써 해가 오르고,

양떼들 방울소리 멀리서 울린다;

나의 사랑, 나의 양, 나의 태양, 그리고 기쁨,

다시 한 번 나 너를 너무너무 보고 싶다!

살피는 표정으로 난 올려다본다—

잘 지내요, 내 사랑, 난 이곳을 떠나가요!

소용없구나! 커튼도 하나 움직이질 않네;

그녀는 아직 누워 자고 있겠지— 그런데 내 꿈을 꾸고 있을까?

Claude Monet, <In the Garden>, 1895.
oil on canvas, 81.5x92cm.

북해 *Die Nordsee 1825 - 1826*

Fragen

(Zweiter Zyklus 7)

Am Meer, am wüsten, nächtlichen Meer

Steht ein Jüngling-Mann,

Die Brust voll Wehmut, das Haupt voll Zweifel,

Und mit düstern Lippen fragt er die Wogen:

»O löst mir das Rätsel,

Das qualvoll uralte Rätsel,

Worüber schon manche Häupter gegrübelt,

Häupter in Hieroglyphenmützen,

Häupter in Turban und schwarzem Barett,

Perückenhäupter und tausend andere

Arme schwitzende Menschenhäupter —

Sagt mir, was bedeutet der Mensch?

Woher ist er gekommen? Wo geht er hin?

Wer wohnt dort oben auf goldenen Sternen?«

물음

(두 번째 연작 7)

바닷가에, 황량한 밤바닷가에
한 젊은이가 서 있네,
가슴은 고통이 가득, 머리는 의문이 가득,
그리고 음울한 입술로 그는 출렁이는 파도에게 묻네.

"오 내게 수수께끼를 풀어다오,
고뇌에 찬 오래디오랜 저 수수께끼를,
그것에 대해 이미 수많은 머리들이 골몰했었지,
상형문자 모자를 쓴 머리들,
터번과 검은 각모를 쓴 머리들,
가발 쓴 머리들, 그리고 수천의 다른
딱한 땀뻘뻘한 사람의 머리들이 ─
내게 말해다오, 인간이란 무얼 의미하는지?
어디서 왔는지? 어디로 가는지?
저 위 금빛 별들엔 누가 사는지?"

Es murmeln die Wogen ihr ewges Gemurmel,

Es wehet der Wind, es fliehen die Wolken,

Es blinken die Sterne, gleichgültig und kalt,

Und ein Narr wartet auf Antwort.

파도는 그 영원한 출렁임을 출렁거리고,

바람은 불고, 구름은 흐르고,

무심히 그리고 차갑게, 별들은 반짝이고,

그리고 한 바보는 대답을 기다리고 있네.

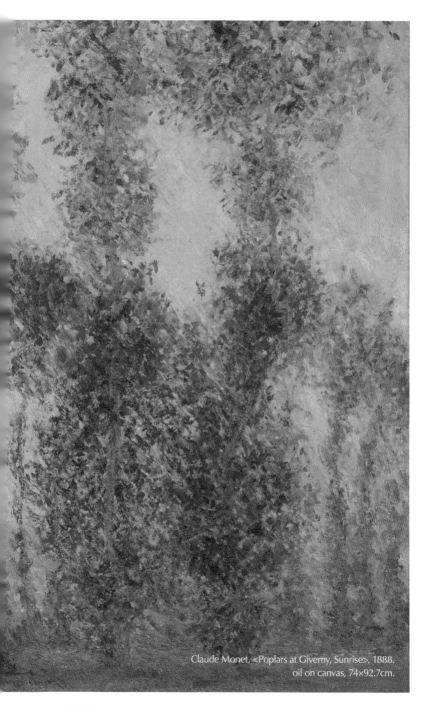

Claude Monet, <Poplars at Giverny, Sunrise>, 1888.
oil on canvas, 74×92.7cm.

Henri Heine

2. 새 시집
NEUE GEDICHTE 1844

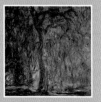

새 봄 *Neuer Frühling*

Unterm weißen Baume sitzend

1

Unterm weißen Baume sitzend,
Hörst du fern die Winde schrillen,
Siehst, wie oben stumme Wolken
Sich in Nebeldecken hüllen;

Siehst, wie unten ausgestorben
Wald und Flur, wie kahl geschoren;
Um dich Winter, in dir Winter,
Und dein Herz ist eingefroren.

Plötzlich fallen auf dich nieder
Weiße Flocken, und verdrossen
Meinst du schon, mit Schneegestöber
Hab der Baum dich übergossen.

하얀 나무 아래 앉아서

1
하얀 나무 아래 앉아서
너는 멀리 바람이 부는 소릴 듣고 있고,
보고 있다, 어떻게 저 위에서 말없는 구름이
안개이불 속에 덮어싸이는지를.

보고 있다, 어떻게 저 아래서 숲과 들이 시들고
어떻게 앙상해지는지를;
너의 주위에도 겨울, 너의 내면에도 겨울,
하여 너의 마음도 얼어붙었다.

갑자기 너의 머리 위에 떨어진다
하얀 눈송이들이, 그리고 벌써 너는
언짢아한다, 나무가 너에게
눈보라를 뿌린 거라고.

Doch es ist kein Schneegestöber,

Merkst es bald mit freudgem Schrecken;

Duftge Frühlingsblüten sind es,

Die dich necken und bedecken.

Welch ein schauersüßer Zauber!

Winter wandelt sich in Maie,

Schnee verwandelt sich in Blüten,

Und dein Herz es liebt aufs neue.

하지만 그게 눈보라가 아님을,

너는 기쁜 놀라움으로 이내 알아차린다;

향기로운 봄꽃들이다, 그건,

너를 놀리고, 너를 뒤덮는.

이 무슨 새콤달콤한 마법인가!

겨울이 오월 속을 헤매고,

눈이 꽃으로 변신을 하고,

그리고 너의 가슴은 새로운 것을 사랑한다.

In dem Walde sprießt und grünt es

2

In dem Walde sprießt und grünt es
Fast jungfräulich lustbeklommen;
Doch die Sonne lacht herunter:
Junger Frühling, sei willkommen!

Nachtigall! auch dich schon hör ich,
Wie du flötest seligtrübe,
Schluchzend langgezogne Töne,
Und dein Lied ist lauter Liebe!

숲에선 싹이 터 푸름이 번지고

2

숲에선 싹이 터 푸름이 번지고
거의 처녀처럼 기쁨에 벅차다;
그런데 해는 웃음을 내려보낸다:
젊은 봄이여, 반갑구나!

꾀꼬리여! 네 소리도 벌써 들리는구나,
기쁘게 슬프게 피리 부는 것 같은,
흐느끼며 길게 빼는 소리로,
너의 노래는 우렁찬 사랑이구나!

Claude Monet, <The Bridge at Argenteuil>, 1874.
oil on canvas, 69×79.7cm.

Die schönen Augen der Frühlingsnacht

3

Die schönen Augen der Frühlingsnacht,
Sie schauen so tröstend nieder:
Hat dich die Liebe so kleinlich gemacht,
Die Liebe, sie hebt dich wieder.

Auf grüner Linde sitzt und singt
Die süße Philomele;
Wie mir das Lied zur Seele dringt,
So dehnt sich wieder die Seele.

봄밤의 아름다운 눈이

3

봄밤의 아름다운 눈이,

이리도 위로하며 내려다보네:

사랑이 너를 이토록 자잘하게 만들었다면,

사랑이, 그것이 너를 다시 일으켜주리.

푸른 보리수 위에 앉아 노래한다

감미로운 꾀꼬리가;

그 노래 내 영혼에 파고들듯이

그렇게 내 영혼이 다시 뻗치네.

Gekommen ist der Maie

5

Gekommen ist der Maie,
Die Blumen und Bäume blühn,
Und durch die Himmelsbläue
Die rosigen Wolken ziehn.

Die Nachtigallen singen
Herab aus der laubigen Höh,
Die weißen Lämmer springen
Im weichen grünen Klee.

Ich kann nicht singen und springen,
Ich liege krank im Gras;
Ich höre fernes Klingen,
Mir träumt, ich weiß nicht was.

오월이 왔네

5

오월이 왔네,
꽃들 나무들 다 피어나고,
푸른 하늘 가로질러
장밋빛 구름이 흘러가네.

잎이 무성한 나무 위에서는
꾀꼬리들이 노래를 내려보내고,
야들한 초록 클로버 밭에서는
하얀 양들이 뛰어노네.

나는 노래도 못하고 뛰놀지도 못해,
풀밭에 아프게 누워 있네;
나는 먼곳의 소리를 들으면서,
꿈을 꾸고 있네, 뭔지도 모를 꿈을.

Claude Monet, <Breakwater at Trouville, Low Tide>, 1870.
oil on canvas, 54x65.7cm.

Leise zieht durch mein Gemüth

6

Leise zieht durch mein Gemüth
Liebliches Geläute.
Klinge, kleines Frühlingslied,
Kling' hinaus in's Weite.

Kling' hinaus, bis an das Haus,
Wo die Blumen sprießen.
Wenn du eine Rose schaust,
Sag' ich lass' sie grüßen.

고요히 끌어간다, 내 심정을 가로질러

6

고요히 끌어간다, 내 심정을 가로질러
사랑스런 종소리.
울리렴, 자그만 봄노래를,
울리렴, 울려 퍼지렴, 저 멀리로.

울리렴, 울려 퍼지렴, 꽃들 피어나는
그 집까지.
너 혹시 장미를 보게 되면,
내가 인사하더라, 전해주렴.

Der Schmetterling ist in die Rose verliebt

7

Der Schmetterling ist in die Rose verliebt,
Umflattert sie tausendmal,
Ihn selber aber, goldig zart,
Umflattert der liebende Sonnenstrahl.

Jedoch, in wen ist die Rose verliebt?
Das wüßt ich gar zu gern.
Ist es die singende Nachtigall?
Ist es der schweigende Abendstern?

Ich weiß nicht, in wen die Rose verliebt;
Ich aber lieb euch all':
Rose, Schmetterling, Sonnenstrahl,
Abendstern und Nachtigall.

나비는 장미를 사랑하여서

7

나비는 장미를 사랑하여서
수도 없이 장미의 주변을 날아다니는데,
나비의 주변도, 금빛으로 화사히,
사랑하는 햇살이 날아다니네.

하지만, 장미는 누구를 사랑하는 걸까?
그게 난 너무너무 궁금하네.
그건 노래하는 꾀꼬리일까?
그건 침묵하는 저녁별일까?

난 모르겠네, 누굴 장미가 사랑하는지;
그러나 난 너희 모두를 사랑한다네:
장미, 나비, 햇살,
저녁별, 그리고 꾀꼬리.

Claude Monet, <Poplars on the Epte>, 1891.
oil on canvas. 92.4x73.7cm.

Claude Monet, <Vetheuil in the Fog>, 1879.
oil on canvas. 71x60cm.

Es erklingen alle Bäume

8

Es erklingen alle Bäume
Und es singen alle Nester —
Wer ist der Kapellenmeister
In dem grünen Waldorchester?

Ist es dort der graue Kibitz,
Der beständig nickt, so wichtig?
Oder der Pedant, der dorten
Immer kukkukt, zeitmaßrichtig?

Ist es jener Storch, der ernsthaft,
Und als ob er dirigiret',
Mit dem langen Streckbein klappert,
Während alles musizieret?

모든 나무들 음악소릴 울리고

8

모든 나무들 음악소릴 울리고
모든 새 둥지들 노래를 하네 ―
이 푸른 숲 오케스트라에서
누굴까, 그 총감독은?

시종 저리 점잖게 고개를 끄덕이는
저기 저 잿빛 도요새일까?
아님 저기서 늘상 뻐꾹뻐꾹
일정한 템포로 울고 있는 뻐꾸기일까?

모두가 음악을 연주하는 동안
마치 지휘하는 듯이
그 긴 다리로 꺼떡거리는
저 근엄한 황새일까?

Nein, in meinem eignen Herzen

Sitzt des Walds Kapellenmeister,

Und ich fühl' wie er den Takt schlägt,

Und ich glaube Amor heißt er.

아니, 나 자신의 이 가슴속에

숲의 총감독은 앉아 있지,

그리고 난 느끼지, 어떻게 그가 박자를 치는지를,

그리고 난 믿지, 그 이름은 바로 사랑이라고.

Es hat die warme Frühlingsnacht

10

Es hat die warme Frühlingsnacht

Die Blumen hervorgetrieben,

Und nimmt mein Herz sich nicht in acht,

So wird es sich wieder verlieben.

Doch welche von den Blumen alln

Wird mir das Herz umgarnen?

Es wollen die singenden Nachtigalln

Mich vor der Lilje warnen.

따뜻한 봄밤이

10

따뜻한 봄밤이
꽃들을 피워냈다,
하여 내 마음, 조심하지 않으면,
또다시 사랑에 빠지겠다.

한데 모든 꽃들 중 어느 꽃이
내 마음을 사로잡을까?
노래하고 있는 저 꾀꼬리는
나더러 백합을 조심하라 한다.

Claude Monet, <The Studio Boat>, 1874.
oil on canvas, 50×64 cm.

Ach, ich sehne mich nach Tränen

12

Ach, ich sehne mich nach Tränen,
Liebestränen, schmerzenmild,
Und ich fürchte, dieses Sehnen
Wird am Ende noch erfüllt.

Ach, der Liebe süßes Elend
Und der Liebe bittre Lust
Schleicht sich wieder, himmlisch quälend,
In die kaum genesne Brust.

아, 나는 눈물을 동경한다

12

아, 나는 눈물을 동경한다,
사랑의 눈물을, 고통에게 나긋한,
그리고 나는 두려워한다, 이 동경이
마침내 또 이루어지게 될 것을.

아, 사랑의 달콤한 슬픔이
아, 사랑의 쓰라린 기쁨이
또다시 슬며시 스며든다, 절묘하게 괴롭히며
이제 막 아문 가슴속으로.

Die blauen Frühlingsaugen

13

Die blauen Frühlingsaugen

Schaun aus dem Gras hervor;

Das sind die lieben Veilchen,

Die ich zum Strauß erkor.

Ich pflücke sie und denke,

Und die Gedanken all,

Die mir im Herzen seufzen,

Singe laut die Nachtigall.

Ja, was ich denke, singt sie

Lautschmetternd, daß es schallt;

Mein zärtliches Geheimnis

Weiß schon der ganze Wald.

푸른 봄의 눈길이

13

푸른 봄의 눈길이
풀 속에서 엿보고 있네;
그건 사랑스런 제비꽃들,
그걸 골라 난 꽃다발로 묶었네.

제비꽃을 꺾으며 난 생각하네,
그러면 기억들이 모두
내 가슴속에서 탄식을 하는데,
그걸 꾀꼬리가 수선스레 노래 부르네.

그래, 내가 생각하는 걸, 꾀꼬리가 노래하네
힘차게 소리지르며, 그래서 메아리치네
나의 민감한 비밀을
벌써 온 숲이 다 알아버렸네.

Claude Monet, <Sailboats behind the needle at Etretat>, 1885.
oil on canvas.

Claude Monet, <London, Houses of Parliament. The Sun Shining through the Fog>, 1904.
oil on canvas, 81.5×92.5 cm.

Wenn du mir vorüberwandelst

14

Wenn du mir vorüberwandelst
Und dein Kleid berührt mich nur,
Jubelt dir mein Herz, und stürmisch
Folgt es deiner schönen Spur.

Dann drehst du dich um, und schaust mich
Mit den großen Augen an,
Und mein Herz ist so erschrocken,
Daß es kaum dir folgen kann.

그대가 내 곁을 지나칠 때

14

그대가 내 곁을 지나칠 때
그대 옷자락만 살짝 나를 스쳐도,
내 가슴은 그대에게 기뻐 들뜨고, 폭풍처럼
그대의 아름다운 자취를 따라가지요.

그때 그대가 몸을 돌려서, 그 커다란 눈으로
나를 바라본다면,
내 가슴은 그만 철렁 내려앉아서
더 이상 그대를 따라갈 수조차 없게 되지요.

Die schlanke Wasserlilie

15

Die schlanke Wasserlilie
Schaut träumend empor aus dem See;
Da grüßt der Mond herunter
Mit lichtem Liebesweh.

Verschämt senkt sie das Köpfchen
Wieder hinab zu den Welln —
Da sieht sie zu ihren Füßen
Den armen blassen Geselln.

가냘픈 수련꽃이

15

가냘픈 수련꽃이
꿈을 꾸며 호수에서 위를 쳐다본다;
그때 달이 아래로 인사를 보낸다
은은한 사랑의 괴로움으로.

부끄러움에 수련꽃은 고개를 숙인다
다시 물결이 이는 쪽으로—
그때 수련꽃은 자기 발치에
딱하고 핼쑥한 친구를 보게 된다.

Claude Monet, <Weeping Willow>, 1918–1919,
oil on canvas, 99.7×120cm.

Mit deinen blauen Augen

18

Mit deinen blauen Augen
Siehst du mich lieblich an,
Da wird mir träumend zu Sinne,
Daß ich nicht sprechen kann.

An deine blauen Augen
Gedenk ich allerwärts;
Ein Meer von blauen Gedanken
Ergießt sich über mein Herz.

너의 파란 눈으로

18

너의 파란 눈으로
네가 날 사랑스럽게 바라볼 때,
내 정신은 꿈꾸듯 몽롱해져
난 아무 말도 할 수가 없네.

너의 파란 눈을
난 어디서나 떠올린다네;
파란 기억들의 바다가
내 마음에 가득 차오네.

Ich wandle unter Blumen

22

Ich wandle unter Blumen
Und blühe selber mit;
Ich wandle wie im Traume,
Und schwanke bei jedem Schritt.

O, halt mich fest, Geliebte!
Vor Liebestrunkenheit
Fall ich dir sonst zu Füßen,
Und der Garten ist voller Leut.

나 꽃들 아래서 서성거리네

22

나 꽃들 아래서 서성거리네
그리고 스스로 함께 꽃피네;
나 꿈속인 듯이 서성거리네
그리고 걸음걸음마다 갈팡거리네.

오, 날 꽉 잡아주오, 사랑하는 이여!
사랑의 취기 앞에서
나 꼼짝없이 그대 발밑에 엎드리네,
정원에는 사람들 가득한데.

Claude Monet,
<The rose-way in Giverny>, 1920-1922.
oil on canvas, 89x100 cm.

Die Rose duftet

20

Die Rose duftet — doch ob sie empfindet
Das, was sie duftet, ob die Nachtigall
Selbst fühlt, was sich durch unsre Seele windet
Bei ihres Liedes süßem Widerhall; —

Ich weiß es nicht. Doch macht uns gar verdrießlich
Die Wahrheit oft! Und Ros und Nachtigall,
Erlögen sie auch das Gefühl, ersprießlich
Wär solche Lüge, wie in manchem Fall —

장미는 향기를 뿜는다

20

장미는 향기를 뿜는다 ─ 그런데 알고 있을까
자기가 향기를 뿜는다는 걸, 그리고 꾀꼬리도 스스로
느끼고 있을까, 자기 노래가 감미롭게 메아리칠 때
우리의 영혼을 가로질러 불고 있는 그걸; ─

나는 모른다. 하지만 때론 진실이
우릴 아주 짜증나게도 만든다! 해서 장미와 꾀꼬리가
감정을 속이더라도, 의미는 있겠지
그런 거짓말도. 그런 경우 많듯이 ─

Sag mir, wer einst die Uhren erfund

25

Sag mir, wer einst die Uhren erfund,
Die Zeitabteilung, Minute und Stund?
Das war ein frierend trauriger Mann.
Er saß in der Winternacht und sann,
Und zählte der Mäuschen heimliches Quicken
Und des Holzwurms ebenmäßiges Picken.

Sag mir, wer einst das Küssen erfund?
Das war ein glühend glücklicher Mund;
Er küßte und dachte nichts dabei.
Es war im schönen Monat Mai,
Die Blumen sind aus der Erde gesprungen,
Die Sonne lachte, die Vögel sungen.

말해보렴, 누가 그 옛날 시계를 발명했을까

25

말해보렴, 누가 그 옛날 시계를 발명했을까,

저 시간 단위, 분과 초는?

그건 어떤 추위에 떠는 슬픈 사나이였어.

그는 겨울밤 웅크려 앉아 생각에 잠겼어,

그리고 생쥐들이 몰래 찍찍거리는 걸 세었더랬어

그리고 나무벌레가 질서 있게 나무를 쪼는 것도.

말해보렴, 누가 그 옛날 키스를 발명했을까?

그건 어떤 행복에 불타는 입이었어;

입은 키스했고 그리고 그때 아무것도 생각지 않았어.

그건 아름다운 오월이었어,

꽃들이 대지로부터 피어났고,

햇님은 웃고, 새들은 노래하고 있었어.

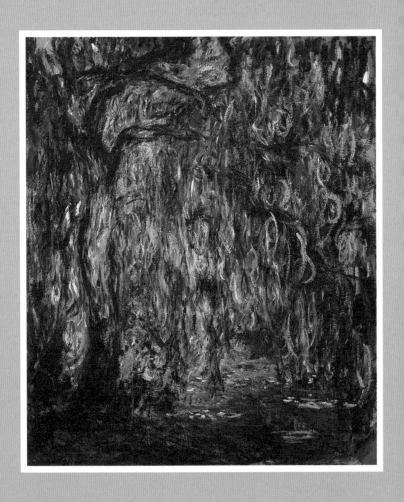

Claude Monet, <Weeping Willow>, 1918.
oil on canvas, 131 x 110cm.

Claude Monet, <Water Lily Pond and Weeping Willow>, 1916-1919.
oil on canvas, 140×150cm.

Wie die Nelken duftig atmen!

26

Wie die Nelken duftig atmen!
Wie die Sterne, ein Gewimmel
Goldner Bienen, ängstlich schimmern
An dem veilchenblauen Himmel!

Aus dem Dunkel der Kastanien
Glänzt das Landhaus, weiß und lüstern,
Und ich hör die Glastür klirren
Und die liebe Stimme flüstern.

Holdes Zittern, süßes Beben,
Furchtsam zärtliches Umschlingen —
Und die jungen Rosen lauschen,
Und die Nachtigallen singen.

어떻게 패랭이꽃은 향기롭게 숨 쉬는 건지!

26

어떻게 패랭이꽃은 향기롭게 숨 쉬는 건지!
어떻게 별들은, 금빛 벌떼들 바글대듯이
불안스럽게 깜빡이는 건지!
저 보랏빛 하늘에 붙어.

밤나무 숲 그늘로부터
별장이 빛난다, 하얗고 탐나는,
그리고 들린다, 유리문이 달그락거리는 소리
그리고 사랑스런 목소리가 소곤거리는 소리.

사랑스런 두려움, 감미로운 떨림
두렵도록 나긋한 서로 껴안음 ─
그리고 젊은 장미는 솔깃 귀 기울이고,
그리고 꾀꼬리는 꾀꼴 노래 부른다.

Morgens send ich dir die Veilchen

33

Morgens send ich dir die Veilchen,

Die ich früh im Wald gefunden,

Und des Abends bring ich Rosen,

Die ich brach in Dämmrungstunden.

Weißt du, was die hübschen Blumen

Dir Verblümtes sagen möchten?

Treu sein sollst du mir am Tage

Und mich lieben in den Nächten.

아침엔 제비꽃을 네게 보낼게

33

아침엔 제비꽃을 네게 보낼게,
새벽에 숲 속에서 발견한 제비꽃을.
저녁엔 장미꽃을 가지고 갈게,
저녁 어스름 속에서 가져온 장미를.

너는 아니? 이 멋진 꽃들이
네게 무슨 비유를 말하고 싶은지를.
네가 나한테 낮에는 충실하란 말이고
그리고 나를 밤에는 사랑하란 말이지.

Claude Monet, <Impression, Sunrise>, 1872.
oil on canvas, 48x63cm.

Der Brief, den du geschrieben

34

Der Brief, den du geschrieben

er macht mich gar nicht bang;

Du willst mich nicht mehr lieben,

aber Dein Brief ist lang.

Zwölf Seiten, eng und zierlich!

Ein kleines Manuskript!

Man schreibt nicht so ausführlich,

wenn man den Abschied gibt.

네가 쓴 그 편지

34

네가 쓴 그 편지

그거 난 전혀 불안하지 않아;

너는 날 더 이상 사랑하지 않겠다지만,

네 편지는 길잖아.

무려 열두 쪽, 빽빽해 그리고 섬세해!

자그만 손글씨!

사람들은 보통 그렇게 자세하게 쓰지 않지,

헤어지자고 한다면.

Wie die Tage macht der Frühling

34

Wie die Tage macht der Frühling
Auch die Nächte mir erklingen;
Als ein grünes Echo kann er
Bis in meine Träume dringen.

Nur noch märchensüßer flöten
Dann die Vögel, durch die Lüfte
Weht es sanfter, sehnsuchtwilder
Steigen auf die Veilchendüfte.

Auch die Rosen blühen röter,
Eine kindlich güldne Glorie
Tragen sie, wie Engelköpfchen
Auf Gemälden der Historie —

낮에도 그랬듯이 봄은

34

낮에도 그랬듯이 봄은
밤에도 내게 울려 퍼진다;
초록빛 메아리로 봄은
내 꿈속까지도 찾아올 수 있지.

그러면 새들은 더욱더 동화처럼 달콤히
피리를 불지, 공중에서는
바람이 더욱 부드럽게 불고, 거친 그리움처럼
제비꽃 향기가 피어오르지.

장미꽃도 더욱 빨갛게 피고,
한 청순한 금빛 후광을 두르고 있지,
마치 옛날 그림의
천사의 머리 위에 있는 것처럼 —

Und mir selbst ist dann, als würd ich

Eine Nachtigall und sänge

Diesen Rosen meine Liebe,

Träumend sing ich Wunderklänge —

Bis mich weckt das Licht der Sonne,

Oder auch das holde Lärmen

Jener andren Nachtigallen,

Die vor meinem Fenster schwärmen.

그러면 나 자신도, 마치 내가
꾀꼬리가 된 듯 노래 부르지
이 장미들에게 나의 사랑을,
꿈꾸며 난 노래 부르지, 놀라운 음향을.

햇빛이 나를 깨울 때까지,
혹은 내 창문 밖에 모여든
저 다른 꾀꼬리들의
사랑스런 소음들이 나를 깨울 때까지.

Claude Monet,
<The House among the Roses>, 1925.
oil on canvas, 100×200cm.

Sterne mit den goldnen Füßchen

37

Sterne mit den goldnen Füßchen
Wandeln droben bang und sacht,
Daß sie nicht die Erde wecken,
Die da schläft im Schoß der Nacht.

Horchend stehn die stummen Wälder,
Jedes Blatt ein grünes Ohr!
Und der Berg, wie träumend streckt er
Seinen Schattenarm hervor.

Doch was rief dort? In mein Herze
Dringt der Töne Widerhall.
War es der Geliebten Stimme,
Oder nur die Nachtigall?

황금 발을 가진 별들이

37

황금 발을 가진 별들이
하늘 위에서 가만가만 거닐고 있다,
밤의 품에서 고이 잠든
지구를 깨우지 않으려고 조심스럽게.

귀 기울이며 서 있는 말없는 숲들,
모든 잎들은 하나하나 초록색 귀다!
그리고 산은, 꿈을 꾸면서
그의 팔인 그늘을 내뻗고 있다.

그런데 뭐가 저기서 소릴 낸 거지?
내 마음속으로 그 울림의 메아리가 파고든다.
사랑하는 그녀의 목소리였을까?
아님 그냥 꾀꼬리였을까?

Schon wieder bin ich fortgerissen

39

Schon wieder bin ich fortgerissen
Vom Herzen, das ich innig liebe,
Schon wieder bin ich fortgerissen —
O wüßtest du, wie gern ich bliebe.

Der Wagen rollt, es dröhnt die Brücke,
Der Fluß darunter fließt so trübe;
Ich scheide wieder von dem Glücke,
Vom Herzen, das ich innig liebe.

Am Himmel jagen hin die Sterne,
Als flöhen sie vor meinem Schmerze —
Leb wohl, Geliebte! In der Ferne,
Wo ich auch bin, blüht dir mein Herze.

벌써 또 나는 밀려났네

39

벌써 또 나는 밀려났네
내가 진심으로 사랑하는 마음으로부터,
벌써 또 나는 밀려났네 —
아 네가 알았더라면, 얼마나 간절히 내가 남고 싶었는지.

마차는 구르고, 다리는 흔들리고,
강물은 저 밑에서 탁하게 흐르네;
난 또다시 행복과 헤어지네,
내가 진심으로 사랑하는 마음과 헤어지네.

하늘에선 별들이 저리로 내닫고 있네,
마치 나의 고통 앞에서 달아나듯이 —
잘 지내길, 내 사랑! 나, 멀리 있어도,
내 마음은 네게서 피어나리니.

갖가지 모습 *Verschiedene*

— 세라핀느 *Seraphine*

Daß du mich liebst, das wußt' ich

4

Daß du mich liebst, das wußt' ich,
Ich hatt' es längst entdeckt.
Doch als du mir's gestanden,
Hat es mich tief erschreckt.

Ich stieg wohl auf die Berge
Und jubelte und sang:
Ich ging ans Meer und weinte
Beim Sonnenuntergang.

Mein Herz ist wie die Sonne
So flammend anzusehn,
Und in ein Meer von Liebe
Versinkt es groß und schön.

네가 날 사랑한다는 걸, 난 알고 있었어

4

네가 날 사랑한다는 걸, 난 알고 있었어,
그걸 난 오래전에 발견했었어.
하지만 네가 나에게 그걸 고백했을 때,
난 그게 너무 무서웠어.

난 산으로 막 올라갔어
그리고 기뻐 환호했고 노래했어:
난 바닷가로 갔고 그리고 울었어
해가 저물 때면.

내 가슴은 해와 같아서
그렇게 불타오르는 것처럼 보여,
그리고 사랑의 바다 속으로
커다랗게 그리고 아름답게 가라앉아.

Wie neubegierig die Möwe

5

Wie neubegierig die Möwe
Nach uns herüberblickt,
Weil ich an deine Lippen
So fest mein Ohr gedrückt!

Sie möchte gerne wissen,
Was deinem Mund entquillt,
Ob du mein Ohr mit Küssen
Oder mit Worten gefüllt?

Wenn ich nur selber wüßte,
Was mir in die Seele zischt!
Die Worte und die Küsse
Sind wunderbar vermischt.

호기심도 많지 저 갈매기

5

호기심도 많지 저 갈매기
우리를 빤히 보고 있네,
왜냐면 내가 너의 입술에
아주 바짝 귀를 갖다 댔으니까!

갈매기는 몹시도 알고 싶어 하네,
무엇이 너의 입에서 새나왔는지,
그건 키스였을까
아님 말이었을까?

나 자신도 알 수만 있다면!
무엇이 내 영혼에 속삭이는지를.
말과 키스가
절묘하게도 섞여 있으니까.

Claude Monet, <Poplars (Autumn)>, 1891.
oil on canvas, 92x73cm.

Claude Monet, <Grainstacks in the Sunlight, Morning Effect>, 1890–1891.
oil on canvas, 65x100cm.

Auf diesem Felsen bauen wir

7

Auf diesem Felsen bauen wir
Die Kirche von dem dritten,
Dem dritten neuen Testament;
Das Leid ist ausgelitten.

Vernichtet ist das Zweierlei,
Das uns so lang betöret;
Die dumme Leiberquälerei
Hat endlich aufgehöret.

Hörst du den Gott im finstern Meer?
Mit tausend Stimmen spricht er.
Und siehst du über unserm Haupt
Die tausend Gotteslichter?

이 바위 위에 세우자 우리

7

이 바위 위에 세우자 우리
제3의 교회를,
제3의 성서에 대한 교회를;
고통은 다 지나갔다.

우리를 그토록 오래 현혹했던
2원론은 파기되었다;
바보 같은 육체학대는
마침내 끝이 났다.

어두운 바닷속 신의 소리가 들리는가?
천 가지 목소리로 신은 말한다.
그리고 보이는가? 우리의 머리 위
천 가지 신의 빛들이.

Der heilge Gott der ist im Licht

Wie in den Finsternissen;

Und Gott ist alles was da ist;

Er ist in unsern Küssen.

성스러운 신, 그는 빛 속에 있다
어둠들 속에 있듯이;
하여 신은 현존하고 있는 모든 것;
신은 우리의 키스 안에도 존재한다.

Claude Monet, <Poppies>, 1873.
oil on canvas, 50x65cm.

Henri Heine

3. 로맨스 시집
ROMANZERO 1851

Solidität

Liebe sprach zum Gott der Lieder,

Sie verlange Sicherheiten,

Ehe sie sich ganz ergebe,

Denn es wären schlechte Zeiten.

Lachend gab der Gott zur Antwort:

Ja, die Zeiten sich verändern,

Und du sprichst jetzt wie ein alter

Wuchrer, welcher leiht auf Pfändern.

Ach, ich hab nur eine Leier,

Doch sie ist von gutem Golde.

Wieviel Küsse willst du borgen

Mir darauf, o meine Holde?

견고한 사랑

사랑이 노래의 신에게 말을 했네,
확실한 걸 주세요
사랑을 완전히 다 바치기 전에.
왜냐면 나쁜 시간들도 있을 테니까요.

웃으며 신은 대답하였네:
그래, 시간은 변하는 거니
너는 지금 그렇게 말하는구나,
담보를 잡고 돈을 빌려주는 어느 늙은 대부업자처럼.

아, 그런데 네겐 칠현금 하나밖에 없구나,
하지만 그건 좋은 금으로 만든 거로군.
그래, 얼마나 많은 키스를 너는 빌리려는가,
내게 그걸로, 오 나의 사랑스런 자여.

Claude Monet, <Camille Monet in the Garden at Argenteuil>, 1876.
oil on canvas, 81.6x60cm.

Claude Monet, <Spring (Fruit Trees in Bloom)>, 1873.
oil on canvas, 62.2x100.6cm.

Alte Rose

Eine Rosenknospe war
Sie, für die mein Herze glühte;
Doch sie wuchs, und wunderbar
Schoß sie auf in voller Blüte.

Ward die schönste Ros' im Land,
Und ich wollt die Rose brechen,
Doch sie wußte mich pikant
Mit den Dornen fortzustechen.

Jetzt, wo sie verwelkt, zerfetzt
Und verklatscht von Wind und Regen —
"Liebster Heinrich" bin ich jetzt,
Liebend kommt sie mir entgegen.

늙은 장미

장미 꽃봉오리가 하나 있었네
그걸 보고 내 가슴은 불타올랐네;
하지만 그건 자랐고, 그리고 멋지게
온전한 꽃으로 피어났네.

그건 세상에서 가장 아름다운 장미가 되었고,
난 그 장미를 꺾으려 했네,
그런데 장미는 날 자극인 줄 알고
가시로 찌르고 또 찔렀네.

이제 그 장미, 시들고 초라해져
비도 바람도 험담을 하네 ─
난 지금 "가장 사랑스런 하인리히",
장미가 사랑하며 내게 다가오네.

Heinrich hinten, Heinrich vorn,

Klingt es jetzt mit süßen Tönen;

Sticht mich jetzt etwa ein Dorn,

Ist es an dem Kinn der Schönen.

Allzu hart die Borsten sind,

Die des Kinnes Wärzchen zieren —

Geh' ins Kloster, liebes Kind,

Oder lasse dich rasieren.

하인리히 뒤로, 하인리히 앞으로,
지금 달콤한 울림으로 소리를 내네;
무슨 가시 하나가 지금 나를 찌르네,
그건 아름다운 이의 턱에 있네.

그 뻣뻣한 털은 너무 딱딱해,
턱의 무사마귀인 척하네 —
수도원으로 가렴, 사랑스런 아이야,
혹은 그냥 깎아버리렴.

Claude Monet, <The Artist's House at Argenteuil>, 1873.
oil on canvas, 60.2x73.3cm.

4. 이삭 시집
NACHGELESENE GEDICHTE

Es schauen die Blumen alle

Es schauen die Blumen alle

zur leuchtenden Sonne hinaus;

es nehmen die Ströme alle

zum leuchtenden Meere den Lauf.

Es flattern die Lieder alle

zu meinem leuchtenden Lieb;

Nehmt mit meine Tränen und Seufzer,

ihr Lieder, wehmütig und trüb.

꽃들은 다

꽃들은 다

빛나는 태양을 쳐다보지요

냇물은 다

빛나는 바다로 달려가지요

노래는 다

빛나는 내 사랑에게로 날아가지요

내 눈물과 탄식으로 가늠하세요

그대들의 노래를, 가엽게 그리고 애처롭게.

Ich wollte, meine Lieder

Ich wollte, meine Lieder

Das wären Blümelein:

Ich schickte sie zu riechen

Der Herzallerliebsten mein.

Ich wollte, meine Lieder

Das wären Küsse fein:

Ich schickt sie heimlich alle

Nach Liebchens Wängelein.

Ich wollte, meine Lieder

Das wären Erbsen klein:

Ich kocht eine Erbsensuppe,

Die sollte köstlich sein.

나는 내 노래가

나는 내 노래가
예쁜 꽃이었으면 했네:
내 가장 사랑하는 그녀에게
향기라도 피우게 보냈을 테니.

나는 내 노래가
어여쁜 키스였으면 했네:
그녀의 예쁜 뺨에다
남몰래 모두 다 보냈을 테니.

나는 내 노래가
쬐그만 완두콩이었으면 했네:
맛깔스러운
완두콩 스프라도 끓였을 테니.

Claude Monet, <The Grand Canal>, 1908.
oil on canvas, 73.7x92.4cm.

Wenn ich bei meiner Liebsten bin

Wenn ich bei meiner Liebsten bin,

Dann geht das Herz mir auf,

Dann dünk ich mich reich in meinem Sinn

Und frag: ob die Welt zu Kauf?

Doch wenn ich wieder scheiden tu

Aus ihrem Schwanenarm

Dann geht das Herz mir wieder zu

Und ich bin bettelarm.

내가 내 가장 사랑하는 이의 곁에 있을 때

내가 내 가장 사랑하는 이의 곁에 있을 때,

그때 내 가슴은 활짝 열리네,

그때 난 생각이 풍요로운 듯 여겨지고

그리고 묻네: 세상은 가치가 있는 거지?

하지만 그녀의 백조 같은 팔에서

내가 다시금 떨어져야 할 때

그때 내 가슴은 다시 닫히네

그리고 난 거지처럼 가난해지네.

Die schlesischen Weber

Im düstern Auge keine Träne,
Sie sitzen am Webstuhl und fletschen die Zähne:
Deutschland, wir weben dein Leichentuch,
Wir weben hinein den dreifachen Fluch —
  Wir weben, wir weben!

Ein Fluch dem Gotte, zu dem wir gebeten
In Winterskälte und Hungersnöten;
Wir haben vergebens gehofft und geharrt,
Er hat uns geäfft und gefoppt und genarrt —
  Wir weben, wir weben!

Ein Fluch dem König, dem König der Reichen,
Den unser Elend nicht konnte erweichen,
Der den letzten Groschen von uns erpreßt,
Und uns wie Hunde erschießen läßt —

슐레지엔의 직조공

침침한 눈에는 눈물도 마르고
베틀에 앉아 이빨을 간다
독일이여, 우리는 짠다 너의 수의를,
거기에 짜 넣는다, 세 겹의 저주를—
  우리는 짠다, 우리는 짠다!

하나의 저주는 신에게
추위와 굶주림 속에서 우리는 기도했건만
희망도 기대도 허사가 되었다
신은 우리를 조롱하고 우롱하고 바보 취급을 했다—
  우리는 짠다, 우리는 짠다!

하나의 저주는 왕에게, 부자들의 왕에게
우리들의 비참을 덜어 주기는커녕
마지막 한 푼마저 빼앗아 먹고 그는
우리들을 개처럼 쏘아 죽이라 했다—

Wir weben, wir weben!

Ein Fluch dem falschen Vaterlande,
Wo nur gedeihen Schmach und Schande,
Wo jede Blume früh geknickt,
Wo Fäulnis und Moder den Wurm erquickt —
  Wir weben, wir weben!

Das Schiffchen fliegt, der Webstuhl kracht,
Wir weben emsig Tag und Nacht —
Altdeutschland, wir weben dein Leichentuch,
Wir weben hinein den dreifachen Fluch,
  Wir weben, wir weben!

우리는 짠다, 우리는 짠다!

하나의 저주는 그릇된 조국에게
오욕과 치욕만이 번창하고
꽃이란 꽃은 피기 무섭게 꺾이고
부패와 타락 속에서 구더기가 살판나는 곳 —
　　우리는 짠다, 우리는 짠다!

북이 날고 베틀이 덜거덩거리고,
우리는 밤낮으로 부지런히 짠다 —
낡은 독일이여, 우리는 짠다 너의 수의를
세 겹의 저주를 거기에 짜 넣는다
　　우리는 짠다 우리는 짠다!

Claude Monet, <The Magpie>, 1868~1869.
oil on canvas, 89x130cm.

Epilog

Wie auf dem Felde die Weizenhalmen,

So wachsen und wogen im Menschengeist

Die Gedanken.

Aber die zarten Gedanken der Liebe

Sind wie lustig dazwischenblühende,

Rot und blaue Blumen.

Rot und blaue Blumen!

Der mürrische Schnitter verwirft euch als nutzlos,

Hölzerne Flegel zerdreschen euch höhnend,

Sogar der hablose Wanderer,

Den eur Anblick ergötzt und erquickt,

Schüttelt das Haupt,

und nennt euch schönes Unkraut.

Aber die ländliche Jungfrau,

Die Kränzewinderin,

Verehrt euch und pflückt euch,

에필로그

들판 위의 밀짚들처럼,

그렇게 자라 넘실거리네 인간정신 속에서

사상이란 게.

그러나 사랑의 상냥스런 사상은

유쾌하게 그 사이에 피고 있는,

붉고 푸른 꽃들 같다네.

붉고 푸른 꽃들!

무뚝뚝한 낫잡이는 너희들을 쓸모없다 던져버리고,

무뚝뚝한 도리께는 너희들을 비웃으며 두들겨대고,

심지어 가진 것 없는 방랑자조차,

너희들의 눈길이 시름을 달래고 위안을 줘도,

고개를 흔들고,

그리고 너희들을 아름다운 잡초라 부르고 있네.

그러나 시골 처녀는,

화관을 엮는 처녀는,

너희들을 귀히 여기고 꺾어 모으네,

Und schmückt mit euch die schönen Locken,

Und also geziert, eilt sie zum Tanzplatz,

Wo Pfeifen und Geigen lieblich ertönen,

Oder zur stillen Buche,

Wo die Stimme des Liebsten noch lieblicher tönt

Als Pfeifen und Geigen.

Aus : ⟨Die Nordsee, Zweiter Zyklus⟩, *Buch der Lieder*

그리고 너희들로 그 아름다운 곱슬머리를 장식한다네,

그리고 그렇게 꾸미고, 그녀들은 서두른다네,

관악기와 현악기가 사랑스럽게 울리는 야외무도장으로,

혹은 조용한 너도밤나무 쪽으로 향한다네, 거기선

가장 사랑하는 이의 목소리가 더욱 사랑스럽게 울린다네

관악기처럼 그리고 현악기처럼.

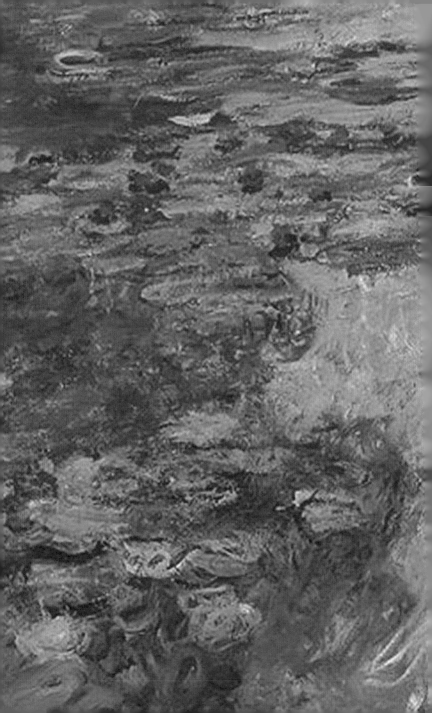

아포리즘과 연보

Heinrich Heine Aphorismus & Chronologie

오, 그대 신들이여! 내게 젊음을 남겨 달라고 그대들에게 부탁하지는 않겠지만, 젊음의 미덕을, 사심 없는 증오와 사심 없는 눈물을 내게서 빼앗아 가지 말기를! 질투심 때문에 젊은이들에게 악을 쓰고 호통치기 좋아하는 늙은이도, 허구한 날 좋았던 옛날 타령만 하는 풀 죽은 불평꾼도 되게 하지 말기를… 젊음을 사랑하고, 노년의 쇠약에도 불구하고 여전히 젊음의 놀이와 위험에 가담하는 늙은이가 되게 해주오! 내 목소리는 떨리고 씨근거려도 좋으니 내 말의 뜻만은 대담함과 싱그러움을 잃지 않게 해주오!

Claude Monet, <Water Lilies> , 1914-1917.
oil on canvas, 181x201.6cm.

나는 프랑스를 위해서라면 차라리 목숨을 바칠 수 있지만,

프랑스어로 시를 쓰는 것은 죽기보다도 싫다!

Claude Monet, <Water Lilies>, 1907.
oil on canvas, 92.1×81.1cm.

우리의 행복의 별은 바로 우리들 가슴속에 있다.

그는 결코 감각을 혐오하는 금욕주의자가 아니었다. 그는 교회헌당식 잔치를 좋아했으며 술집 '라지아'를 좋아했다. 그곳에서 그는 특히 티티새 요리에 노간주나무 열매를 곁들여 먹기를 즐겼다 그러나 일단 자신이 진리요 선이라고 생각하는 이념의 문제가 걸리면 그는 이 세상의 모든 티티새 요리와 이 세상의 모든 생의 즐거움을 흔쾌하게 희생하였다. 그리고 그는 이것을 전혀 티가 나지 않게, 다시 말해 약간 수줍어하는 투로 행했기 때문에 이 우스꽝스러운 껍질 속에 그처럼 은밀한 순교자가 들어 있으리라고는 그 누구도 생각하지 못했다.

왕과 의회는, 그들이 오래전부터 죽어 있기에, 죽은 것입니다. (…) 이들 모두는 기사처럼 갑옷을 입고 거창하게 큰 칼을 치켜들고 있습니다. 서로 상대방을 내려치려고 말입니다. 그러나 이상키도 하여라! 그들은 모두 요점, 즉 머리가 없답니다. 그들은 한참 싸우는 와중에 서로 목을 쳐버렸고, 둘 모두 목이 없어진 것을 알지 못한 채 계속 싸우는 것입니다.

Claude Monet, <The Path through the Irises>, 1914-1917.
oil on canvas, 200.3x180cm.

지난 일요일 교회로 몰려드는 사람들을 보고 나는 한 친구
에게 "하나님께서는 오늘 방문객이 많군"이라고 말했다.
그러자 이 무신론자는 "그런데 그들이 모두 고별 방문객
들이라는 게 문제지"라고 응답했다.

Claude Monet, <Rapids on the Petite Creuse at Fresselines>, 1889.
oil on canvas, 65.4x91.8cm.

몽테스키외는 그의 『법의 정신』에서 독재자를 이렇게 야
만인에 비유함으로써 독재의 본성을 특징지었다.
"이 야만인들은 어느 나무의 열매를 먹고 싶으면 즉시 도
끼를 들고 나무 자체를 베어 쓰러트린다."

가장 성스럽고 가장 고귀한 것들은 지금까지 너무나 자주 교활한 자들에 의해 이용되었고, 너무나 자주 무지한 인간들에 의해 우스꽝스러운 것이 되어버렸기에, 이제 민중은 그것들을 더는 믿을 수 없게 되었다. 그렇다. 민중은 우리의 정치적 그리고 문학적 위선자들이 그렇게 많이 노래하고 말하는 그 드높은 사상에 대한 믿음을 상실했다. 무기력의 허풍선이 호언장담은 민중으로 하여금 모든 이상적인 것을 아주 싫어하도록 만들어서 그들은 이제 그런 호언장담을 그저 공허한 상투어로, 이른바 신소리로밖에 보지 않는다.

새해가 문밖에 서 있다. 내 애수에 찬 새해의 축하 인사를 라인 강 너머로 보낸다. 이 오는 해가 선행자보다는 덜 잔인하기를! 어리석은 사람들은 약간의 이성을, 합리적인 사람들은 약간의 시(詩)를 얻기를! 여성에게는 아주 아름다운 옷들을, 남성에게는 아주 많은 인내를! 부자에게는 가슴을, 가난한 자에게는 빵 한 쪽을! 무엇보다도 나는 소망한다. 우리가 새해에는 가능한 한 적게 헐뜯고 비방하기를!

Claude Monet, <View of Vétheuil>, 1880.
oil on canvas, 80x60.3cm.

1797

12월 13일, 독일 뒤셀도르프의 유대인 상인 가정에서 출생했다. 부친 잠존 하이네와 모친 베티 하이네 밑에서 4남매 중 장남으로 자랐으며, 본명은 하리(Harry) 하이네다.

그의 고향 뒤셀도르프는 프랑스 혁명을 거치고 나폴레옹의 지배를 받는 등 복잡한 정치 역사를 겪었고, 이에 하이네는 프랑스의 자유주의 사상의 영향 속에서 어린 시절을 보낸다.

1803

유대계 사립학교에 입학한다.

1807

리체움(고등학교)에 입학한다.

1814

아들이 상인이 되기를 원하는 부모의 뜻에 따라 뒤셀도르프에 있는 상업학교에 다닌다.

1816

유대인으로서 금융 분야에 큰 성공을 거둔 부유한 숙부 잘로몬의 은행에서 견습생이 돼 함부르크로 가지만, 상인으로의 재능을 드러내지 못한다.

숙부와 함께 지내며 숙부의 딸인 아름다운 사촌 아말리에를 짝사랑하지만, 사회적 성공과 부를 가진 남자를 원하는 아말리에의 기준에 부합하지 못해 결국 실연한다. 이처럼 이뤄지지 않는 사랑의 고통은 초기 시집 『노래의 책』(1827)에서 드러난다. 특히 1824년에 발표된 「로렐라이」는 아름다운 여인을 바라보다가 죽음을 맞는 뱃사공을 내세워 사랑의 괴로움을 말하는데, 1837년 프리드리히 질혀가 이 시에 멜로디를 붙여 세계적인 사랑을 받았다.

1818

숙부의 지원으로 상점을 열지만 얼마 지나지 않아 파산한다.

1819

상업에 재능이 없음을 깨닫고 본(Bonn) 대학 법학과에 진학한다. 대학 수업에서 평론가 A. W. 슐레겔의 문학 강의에 심취하고 법학보다 역사와 문학에 더 큰 흥미를 보인다.

1820

괴팅겐 대학에 입학했으나 한 학생에게 결투를 신청한다. 같은 해, 반유대주의적인 이유로 학생 조직에서 제명을 당한다.

1821

다른 학생에게 결투 신청을 했다는 이유로 괴팅겐 대학으로부터 정학 처분을 받는다. 이후 베를린 대학에서 공부한다. 이 시기에 철학자 헤겔의 강의를 듣고 큰 감명을 받는다. 첫 시집인 『시집』을 발표한다.

1822

'유대인 문화학술협회'에 가입한다.

1823

비극 『라트클리프』, 『아르만조르』와 시집 『서정적 간주곡』을 발표한다.
시 「귀향」을 저술한다.

1824

괴팅겐 대학으로 돌아와 법학 공부를 마친다. 하르츠 지역을 거치는 여행을 하고 「하르츠 기행」을 저술한다.

1825

정부의 유대인 차별이 거세지던 시기였다. 기독교로 개종하지 않은 유대인은 사회 진출이 자유롭지 못했고, 이에 한때 법률가가 되려던 하이네는 세례를 받아야 했다. 그는 이를 비꼬아서 "유럽 문화에로의 입학 허가서"라고 이야기했다.

노르더나이 섬에 체류하고 이 경험을 바탕으로 「북해」를 저술한다.

1826

출판업자인 율리우스 캄페를 만나, 죽기 전까지 그와 함께 일한다.

기행문집 『여행 그림』 1권을 발표한다. 이 성공으로 작가로서 큰 주목을 받는다.

1827

『여행 그림』 2권을 발표한다.

1817년부터 1826년까지 발표했던 5편의 연작시를 엮어 시집 『노래의 책』을 발표한다.

1828

12월, 부친 잠존 하이네의 사망 소식을 듣는다.

1829

『여행 그림』 3권을 발표한다.

1830

프랑스 7월 혁명이 발발한다. 서정 시인이면서도 현실 참여적 작가로서 당시 독일 민족주의를 비판하던 하이네는 7월 혁명에 감동해, 프랑스로 떠날 결심을 한다.

1831 스스로 프랑스로 망명해 25년의 여생을 파리에서 보낸다. 파리에 살며 신문과 잡지에 프랑스와 독일을 잇는 글을 게재하고, 빅토르 위고, 발자크, 뮈세, 조르주 상드 등 프랑스 문인들과 교류한다. 『여행 그림』 4권을 발표한다.

1832 『프랑스의 상황』을 발표한다.

1833 『살롱』 1권을 발표한다.
후에 『낭만파』라는 이름으로 출간되는 「독일 현대 문학의 역사에 대하여」를 저술한다.

1834 『독일의 종교와 철학의 역사』를 저술한다.

1835 『독일에 대하여』와 『살롱』 2권을 발표한다.
독일 연방 의회의 결정에 의해 모든 작품이 발표 금지를 당한다.

1836 작품 발표를 금지 당하자 순수문학 소설 『피렌체 야화』를 저술한다.

1837 『살롱』 3권을 발표한다.

1840 『루트비히 뵈르네에 대한 회고』와 『살롱』 4권을 발표한다.
정치, 예술, 생활 등 파리 민중의 삶을 기록한 산문 『루테치아』를 저술하기 시작한다.

1841 프랑스 여인 마틸데와 결혼한다.

1843	파리에 온 칼 마르크스를 만난다.
1844	시집 『신시집』을 발표하고 독일에 대한 혁명적 운문 서사시 『독일의 겨울이야기』를 발표한다. 칼 마르크스가 출판하는 잡지에 정치적인 글을 저술한다. 12월, 숙부 잘로몬 하이네가 사망하고 숙부가 남긴 유산 문제에 휘말린다.
1847	운문 서사시 『아타 트롤』을 발표한다.
1848	프랑스 2월 혁명이 발발한다. 마비 증상이 일어나 입원한다. 루브르 박물관에서 쓰러진 뒤, 죽기 전까지 자리에 누워 병과 싸우게 된다.
1851	파리를 방문한 캄페와 시집 『로만체로』의 계약을 맺고 같은 해에 시집을 출간한다.
1854	『혼합 기록』 1, 2, 3권을 발표한다.
1855	마지막 연인으로 알려진 엘리제가 병상에 누운 하이네를 자주 찾아와 비서 역할을 했다.
1856	2월 17일, 파리의 자택에서 사망하여 몽마르트 묘지에 안장됐다.

Claude Monet, <Water Lilies>, 1904.
oil on canvas, 87.9x91.4cm.

하인리히 하이네
그림시집

2018년 9월 3일 1판 1쇄 박음
2018년 9월 8일 1판 1쇄 펴냄

지은이 하인리히 하이네
옮긴이 이수정
펴낸이 김철종 박정욱
편집 최윤선 **디자인** 이정현 **마케팅** 오영일 김지훈
인쇄제작 정민문화사

펴낸곳 에피파니
출판등록 1983년 9월 30일 제1 - 128호
주소 110 - 310 서울시 종로구 삼일대로 453(경운동) KAFFE빌딩 2층
전화번호 02)701 - 6911 **팩스번호** 02)701 - 4449
전자우편 haneon@haneon.com **홈페이지** www.haneon.com

ISBN 978-89-5596-856-9 03850

* 『하인리히 하이네 그림 시집』 속의 그림들은 프랑스의 인상주의 화가 클로드 모네(Claude Monet, 1840-1926)의 작품입니다. 빛에 따라 변하는 순간적인 모습들을 아름답게 그려낸 모네의 그림은, 읽는 이의 감성에 격정적으로 호소하는 하이네의 빛나는 서정시를 감상하는 데 더욱 도움이 될 것입니다.
* 이 책의 무단전재 및 복제를 금합니다.
* 책값은 뒤표지에 표시되어 있습니다.
* 잘못 만들어진 책은 구입하신 서점에서 바꾸어 드립니다.

이 도서의 국립중앙도서관 출판예정도서목록(CIP)은 서지정보유통지원시스템 홈페이지 (http://seoji.nl.go.kr)와 국가자료공동목록시스템(http://www.nl.go.kr/kolisnet)에서 이용하실 수 있습니다.(CIP제어번호: 2018028044)

오 맹세하지 말고 그냥 키스해 주렴,

…

말은 덧없는 연무고 숨결 같은 것.

O schwöre nicht und küsse nur,

…

Das Wort ist eitel Dunst und Hauch.

O schwöre nicht und küsse nur